ALSACE

ET

LORRAINE

PAR

CH. BOUCHET

VENDOME

TYPOGRAPHIE LEMERCIER ET FILS

1873

ALSACE ET LORRAINE[1]

METZ

Ma Sœur, si chère entre mes sœurs,
Par dessus les monts et la plaine,
Et par dessus nos oppresseurs,
Je te salue au nom de la Lorraine !

STRASBOURG

Fière cité, cœurs insoumis,
A travers le vent et l'espace,
A travers les rangs ennemis,
Reçois, ma Sœur, le baiser de l'Alsace.

METZ

Noble compagne de malheur,
Nous avons, triste privilége,
Pour la France, et non sans valeur,
Souffert ensemble un bien terrible siége.

STRASBOURG

C'était juste ; n'étions-nous pas
Les sentinelles avancées,

---

[1] Cette pièce a été composée au moment de la Souscription nationale pour la libération du territoire ; mais elle a dû attendre son tour dans le Bulletin. Nous espérons toutefois qu'elle n'aura pas un air trop *archéologique*. La question de l'Alsace et de la Lorraine ne cesse pas d'être vivante pour tous. Quant à la Souscription nationale, si elle a échoué, c'est qu'elle ne pouvait réussir. Elle n'en mérite pas moins d'être célébrée comme un noble élan et une généreuse illusion de la France.

La cuirasse de ces combats,
Au seuil français les deux portes dressées?

METZ

Depuis que le grand Charles-Quint
S'était brisé sur ma barrière,
Mon front d'un prestige était ceint,
On disait : Metz la Pucelle guerrière.

STRASBOURG

Hélas ! j'ai vu de mes créneaux
Une armée, immense reptile,
Sur mes reins serrant ses anneaux,
Faire un bourbier de ma plaine fertile.

METZ

J'ai vu nos bataillons épars;
L'un des tronçons de notre armée,
Vint demander sous mes remparts
Si la Victoire était là renfermée.

STRASBOURG

On nous écrasa sous nos toits,
L'obus cribla ma cathédrale,
Ses vitraux, splendeurs d'autrefois,
En mille éclats tombèrent sur la dalle.

METZ

Moi, la base, le grand levier
De notre marche envahissante,
On n'avait su me confier
Ni fer, ni poudre en force suffisante.

STRASBOURG

Mes beaux livres, mes manuscrits,
Calme et studieux répertoire,
Par les bombes furent détruits,
D'un peuple fort admirable victoire !

METZ

Bloqués, sombres, de nos chevaux
Nous mangions les chairs amaigries,
Et s'encombraient les hôpitaux
De noirs typhus et de fièvres pourries.

STRASBOURG

Un préfet, un grand citoyen,
Traversant mon fleuve à la nage,
. Un jour m'apporta le soutien
De la Patrie absente et son image.

METZ

. . . .

. . . .

STRASBOURG

A l'horizon mes yeux toujours, ·
O France, cherchaient ton armée :
« Je succombe, Mère, au secours !
Viens délivrer ta fille bien-aimée ! »

METZ

Mac-Mahon, mes regards toujours
Te cherchaient à l'heure dernière :
« J'expire, Général, accours !
Viens délivrer la vierge prisonnière ! »

STRASBOURG

Mais une voix me l'avait dit :
« Courage ! il faut que tu succombes ! »
Un jour, mourante, — jour maudit ! —
Le sein brisé par des milliers de bombes....

METZ

Oh ! votre chute a retenti
D'un bien triste écho dans nos âmes.
Dès ce jour, je l'ai pressenti,
J'ai dû passer sous ces fourches infâmes.

STRASBOURG

Nous prîmes ces chemins du Nord,
Ayant la honte pour compagne,
Est-ce ainsi, cruels jeux du sort,
Que nous devions entrer en Allemagne ?

METZ

Nous partions, nous embrassant tous,
Pleurant de rage concentrée,
Tandis que leurs drapeaux chez nous
Fanfare en tête achevaient leur entrée.
Nous voilà sous l'envahisseur !
Que son joug, que son nom me pèse !
Et vous, depuis, comment, ma Sœur,
Vous trouvez-vous ?

STRASBOURG

Encore plus française.

METZ

Vive la France ! Elle à jamais !

STRASBOURG

Le jour que j'en fus démembrée,
Un Maire, un grand cœur que j'aimais,
En vint mourir dans sa ville éplorée.

METZ

Bien loin de ces vainqueurs si durs[1],
Dont notre vue était flétrie,
Quinze mille hommes de mes murs
Se sont enfuis dans la mère-patrie.

STRASBOURG

Les miens déjà passent les mers,
En Afrique est leur espérance ;
Ils feront fleurir tes déserts,
Terre d'Alger, notre seconde France.

METZ

Dieu conduise vos chers enfants !

STRASBOURG

Et Dieu vous ramène les vôtres !

METZ

Qu'un jour sous nos pas triomphants
Un cri vainqueur fasse partir les autres !

STRASBOURG

Mes femmes d'un profond dédain
Raillent leurs tudesques hommages.

---

[1] Nous parlons surtout ici de leur gouvernement et de leur politique ; individuellement il y a eu des exceptions honorables, nous nous plaisons à le reconnaître, car il faut rendre justice surtout à ses ennemis.

METZ

Mes hommes refusent la main
Qui vers leur main se tend pleine d'outrages.

STRASBOURG

De leurs écoles dédaigneux
Mes enfants désertent par bandes.

METZ

Les animaux mêmes, hargneux,
Passent devant ces faces allemandes.

STRASBOURG

La France frémit, accablée
Des liens d'une âpre rançon ;
En vain s'agite l'Assemblée
Pour recueillir cette immense moisson.

METZ

De six départements encor
Ils se font un camp militaire ;
Ils n'en sortiront que pleins d'or.

STRASBOURG

Savez-vous bien, ma Sœur, ce qu'il faut faire ?

METZ

On ne peut attendre de vous
Que de hauts sentiments.

STRASBOURG

Lorraine,
Vous les comprenez si bien tous,
Qu'un long discours me serait chose vaine.

Femmes françaises, vous, plutôt
Ecoutez-moi, l'idée est belle :
Voici le glorieux complot
Où par ma voix l'Alsace vous appelle.
  Vos sœurs vous disent: Levons-nous!
  Payons vite cette Allemagne.
  Comme nos fils et nos époux,
Unissons-nous pour une autre campagne.

METZ

Formez la Ligue du Salut,
Arborez ce mot: Délivrance!

STRASBOURG

Au front des Enfers Dante lut :
« Vous qui passez, quittez toute espérance! »
  Mais ce pays n'a point franchi
  Le seuil morne où l'espoir s'arrête.
  Quand un vaillant chêne a fléchi
Sous l'ouragan, il redresse la tête.

METZ

Allez donc, femmes, déployer
Votre empire et votre industrie,
  Vous asseoir à chaque foyer,
Tendre la main.... Dites: Pour la Patrie!

STRASBOURG

Vous-mêmes, versez vos bijoux,
  Vos plaisirs, petites et grandes,
  Et vous verrez sur vos genoux
Ruisseler l'or et les humbles offrandes.

METZ

Eclatera dans tous les rangs
La passion du sacrifice.
Donnez, donnez, époux, parents,
Frères ! Chacun sa pierre à l'édifice !

STRASBOURG

Le riche son cheval fringant,
Le soldat son faible centime,
L'ouvrier sa montre d'argent,
La mère en deuil un souvenir intime.

METZ

Réveillez-vous, cœurs endormis,
Paysans à la dure écorce,
Donnez, cette semence, amis,
Vous produira richesse, joie et force.

STRASBOURG

Oui, dès ce jour nous nous lions
Sans relâche à l'œuvre sacrée.
J'en ai la foi, les millions
Viendront à nous, ainsi qu'une marée.

METZ

Dans les plis d'un drapeau français,
Portant cet or à notre mère,
Nous lui dirons : Si tu pensais
Parfois à nous, en ta tristesse amère,
Notre veuvage, à nous aussi,
Se nourrissait de ton image.
Reçois nos dons, nos cœurs, voici
De notre amour l'ineffaçable hommage !

STRASBOURG

Et maintenant purge ton sol,
Nous suffirons comme victimes.
Un jour reprenant notre vol,
Nous reviendrons à tes mains légitimes.

METZ

Voilà comme en nos moindres bourgs
Tes filles se font prussiennes.
France, elles sont à toi toujours !
La Prusse ailleurs peut bien chercher les siennes.

LA FRANCE

O dévoûment, noble vertu,
Chez ces fiers citoyens de quel éclat tu brilles !
Avoir pour moi tant combattu,
Tant souffert, en vos biens, en vos corps, vos fa-
    Ce n'était point encore assez.   [milles,
Après le sang, votre or, et toujours avec joie.
Et ces dons par vous amassés
Sont le premier tribut que mon peuple m'envoie.
    Alsace, Lorraine, merci !
La Patrie à jamais vous est reconnaissante.
    Par vous, sur mon front obscurci
Je sens luire un rayon de gloire renaissante.

    Sous le drapeau de l'étranger,
Songez que mon drapeau déchiré, c'est le vôtre.
On vous donne à choisir ; ferez-vous choix de l'au-
    — « Mère, nous ne saurions changer.   [tre ?
Nous laisserons plutôt et nos villes désertes

Et nos champs sans labour. Parés de branches
    Seuls souvenirs du sol natal, -   [vertes,
Nous irons nous asseoir à tes genoux, ô France !
— « Venez, Enfants, à vous aussi ma préférence.
    Ce vide leur sera fatal.
Cependant des récits de mes plus belles pages
Que les vieillards le soir remplissent vos courages.
    — « Mère, nous leur demanderons.
— « A ceux qui n'ont pu voir vos sanglants sacrifices
Que les guerriers souvent montrent leurs cicatrices.
    — « Mère, nous leur découvrirons.
— « Que vos femmes — est-il besoin qu'on leur com-
                [mande? —
N'épousent à nul prix une main allemande.
    — « Mère, nous les repousserons.
— « Beaucoup sont morts pour moi dans cette horri-
              [ble guerre,
Conduisez les enfants à leur funèbre pierre.
    — « Mère, nous les y conduirons.
— « Qu'ils sachent, en voyant vos douleurs et mes
              [peines,
Que ce sang qui coula, c'est le sang de leurs veines.
    — « Oh! certes, Mère, ils le sauront.
— « Qu'ils retiennent toujours le beau parler de
              [France
Et que, parmi leurs jeux, ils aient *la Délivrance*.
    — « Mère, aisément ils l'apprendront.
— « Pourtant, bien qu'à nos cœurs la vengeance ait
              [des charmes,
Pour l'instant, mes amis, ne songez point aux armes.
    — « Mère, vous le voulez ainsi?
— « Par la science et l'art, par les mœurs, l'industrie,
Par l'âme, il faut d'abord refaire la Patrie.

— « Mère, nous en aurons souci.

— « Quand nous aurons partout dans les sphères
[morales
Reconquis d'autrefois les grandeurs sans rivales,
    Nous aurons lavé nos affronts.
Alors, n'en doutez pas, dans le jeu politique,
Je reprendrai mon rang et ma couronne antique.
    L'idée en germe sous les fronts,
Se fait puissant levier, irrésistible amorce.
Un jour se lève enfin !... LE DROIT PRIME LA FORCE !
— « Oui, Mère, nous nous reverrons ! »

CH. BOUCHET.

(Extrait du Bulletin de la Société Archéologique,
Littéraire & Scientifique du Vendômois.)

Vendôme. Typ, Lemercier et fils.